늦게 오는 사람

이잠

충청남도 홍성에서 태어났다.

1995년 『작가세계』를 통해 시인으로 등단했다.

시집 『해변의 개』 『늦게 오는 사람』을 썼다.

파란시선 0120 늦게 오는 사람

1판 1쇄 펴낸날 2023년 1월 10일
지은이 이잠
디자인 최선영
인쇄인 (주)두경 정지오
펴낸이 채상우
펴낸곳 (주)함께하는출판그룹파란
등록번호 제2015-000068호
등록일자 2015년 9월 15일
주소 (10387) 경기도 고양시 일산서구 중앙로 1455 대우시티프라자 B1 202-1호
전화 031-919-4288
팩스 031-919-4287
모바일팩스 0504-441-3439
이메일 bookparan2015@hanmail.net

ⓒ이잠, 2023, printed in Seoul, Korea

ISBN 979-11-91897-46-3 03810

값 12,000원

•이 도서는 2022년도 한국문화예술위원회 아르코문학창작기금(발간지원) 사업에 선
 정되어 발간되었습니다.

늦게 오는 사람

이잠 시집

시인의 말

슬픔이 지나갈 때마다 환해졌다.

터져 나오는 비명이 시가 되는 때가 있었다.
이제는 다 울고 난 뒤에 말개지는 시를 쓰고 싶다.

지구 표면 1㎝의 흙이 쌓이려면 200년이 걸린다는데
몰라서 그렇지 대개는 느리게 온다.

늦게 오는 사람이 있다.
느려서 그렇지 오기는 온다.
가장 환한 얼굴로 나의 사랑, 나의 삶.

차례

시인의 말

제1부

그림자 나무

떨리는 가지 끝으로 번지는 가장 환한 그늘

아득히 먼 곳으로부터 차곡차곡 걸어 나와 고요히 일렁이는 그림자 나무 그림자 위에 그림자 포개지고 덧대어도 바람벽을 가리지 않듯 밤이 조그만 불빛을 지우지 않으며 어둠을 광대무변으로 넓히듯 슬픔도 겹쳐질수록 긁힌 자국 하나 없이 그윽함을 더해 가리라

히말라야 소금

청정이란 말은 조만간 국어사전에서 사라질지도 모른다
바다가 오염되었으니 생선을 먹지 말아야 한다고 한다
생선만 그런가 내가 나를 더럽힌 날들은 또 얼마인가
인터넷을 뒤져 히말라야 소금을 주문해 놨다

아주 오래전 바다 밑바닥이 솟아올라 산맥이 되고
그때부터 바닷물이 버릴 거 다 버리고 히말라야에 남
긴 돌덩이
산을 헐어 국을 끓여 먹으면 병이 나을 수 있을까

손안에서 차돌처럼 반짝인다
흠 없는 몸으로 다시 살아갈 수 있을까
돌을 씹어 먹는다

청정하다는 히말라야 산을 입에 물고 녹인다
버릴 거 다 버리고 심심해진 소금 바위 굴러 내려
내 부끄럼들, 사무침들 올올이 녹아내려
창해만리 바닷물로 출렁일 때까지

두 번째 살아 보는 것처럼 한 번을 사는 거다

무한천

물로 가면 물새 되어 물고기 비늘 빛을 따라 헤엄치고
산으로 가면 산짐승 되어 엄나무 순 두릅 순에 입질하는
사람들이 거기 살았다

고개 아래 집터엔 푸른 풀과 머위대만 무성하고 친척
늙은 홀아비가 해당화주를 내어 와 백 년도 더 된 종그레
기에 따른다

방고래 꺼진 아룻목에 둥그레 반상을 괴어 놓고 모서리
가 없는 말씨로 이제 왔느냐고 반긴다

작년 거둬들이지 않은 청둥호박이 박새 새끼 주둥이 같
은 싹을 내밀고 잡풀을 허치며 양지바른 동산에 오르면 흙
이 된 사람들이 거기 누워 있다

무한천이 흐르는 고향
어머니 아버지도 없이 높은행길에 서서 흘러가는 냇물
을 바라보았다
수양버들 긴 그림자만 두고 냇물은 영영 흘러갔다

조막단지

진흙 덩이 주물러 조막단지 만들어 놓고 간장 단지 깨소
금 단지 살림 살다가
어느 해 귀 떨어진 단지 두고 가셨네

어머니 유품 가져와 수저 꽂고 국자 꽂아 쓰다가 밑 빠
져 박살이 났다

깨어진 단지 붙이려 해도 붙지 않는다 모아 놓으려 해
도 흩어진다
끈으로라도 동여매야 할 것인가
철심으로라도 꿰매야 할 것인가

밑 빠진 허공을 들여다본다
뭔가 중요한 것이 빠져나간 낯선 시간이 뭉텅이로 지
나갔다

단지는 그릇 아닌 채로 살았던 적이 한 번이라도 있었
을까
생활로부터 하루라도 자유로이 놓여난 적이 있었던가

깨진 채면 어떠랴
깨진 조각에 흙 쌓이고 눈 녹아도 좋으리

비로소 풀려나 아무것도 아닌 영원

윈드러너

키 큰 나무들 휙휙 뒤로 물러나고 용수철 달린 새들이
솟구쳐 오르고 해가 고함치고 고막이 터져라 바람 속을 달
려, 달려 볼 테야

내가 사는 반대편에 아직도
그리움이 사는가
죽었는가

푸른 기차 타고 평원을 달려, 달려 볼 테야 해저터널
을 지나 바다 건너 백만 번도 더 사랑했던 너의 마을을 지
나, 지나

눈물이 마르는 데 얼마나 걸리나

옹이의 끝

목재 전시장에 갔다가
세로로 켠 거대 나무판자들이 즐비하게 서 있는 걸 올
려다보며
인도네시아나 말레이반도의 어느 밀림 속을
어슬렁거리는 상상을 했다

처음에는 흠결 없는 나무판자에만 눈길을 주다가
차츰 검게 옹이가 박힌 나무판자에 신경이 쓰였다
깨끗이 자란 나무에서는 결코 찾아볼 수 없는
흠집이 눈에 거슬렸다

이백 년생 참나무이고
옹이는 나뭇가지가 죽은 자리라고 목재상이 말해 줄 때
조차
저런 나무판자를 누가 몇 백씩 주고 사 갈까 싶어 눈을
흐리다가
거대 나무의 몸속에서 가느다란 나무 한 그루를 보았다

나무의 몸통 한가운데에 거무죽죽 서려 있는 줄기와
그 줄기 양옆으로 나뭇가지들이 죽은 살 뭉드러져

화인처럼 새겨진 검은 나무 형상

나무에게도 그 나무만의 내력이 있어서
나뭇결을 보면 속을 다 알 수 있다고 목재상이 다시 말
했다
그러자 열대의 밀림, 하늘을 찌를 듯 우뚝 선 참나무의
세로줄 물결이 눈앞에서 굽이쳤다

밀림에 갑자기 스콜이 퍼붓고
그 빗줄기들 거대 참나무 둥치를 타고 내려오다가
불현듯 앞을 가로막는 옹이의 암흑과 맞닥뜨리고 말
았다

아주 오래전 사산한 아이처럼 나무판자에 각인된 캄캄
한 어둠을
찬찬히 따라잡는 선, 선들
옹이의 암흑 처음에서 끝까지 연해 있는 나이테를 세
어 보았다
하나, 둘, 셋, 넷……

참나무 한 그루가 제 상처를 끌어안고 아무는 데에
스물다섯 해가 걸렸다는 것을 알게 되었다

상처들이 무늬가 되기까지 전 생애가 걸리겠지

국경선

한대의 나라에서 남한계선까지 걸어온 사람과
열대의 나라에서 북한계선까지 걸어온 사람이 만나
종가시나무 아래 도토리를 줍습니다

멀구슬나무 조록나무 푸르른 문을 따고 들어가
먼 데서 온 두 사람 머리 숙여 줍는 것을
아무도 본 사람 없지만

홧홧 녹아 흐르던 돌 굳어져 돌무더기
목마른 돌무더기 비집고 자라난 종가시나무
어지러이 엉클어진 노박덩굴은 알고 있지요

허리를 굽혔다 폈다 도토리를 모으는 사람
두 손을 오므렸다 펼쳐 반짝이는 햇살을 보여 줍니다

사람 없는 숲
마지막 사람을 만나기 위하여 여기까지 내처 왔나 봅니다
이끼는 푸조나무와 돌무더기를 끌어안고

나무와 덩굴은 국경선을 넘어 벋어 나갑니다

31번 방

　개망초가 피었다 싸리꽃이 피었다 토기풀꽃 피었다 31번 방 앞에는 모가지가 가냘픈 사람들 잠잠히 앉아 있다가 이름을 부를 때마다 소스라치며 흔들렸다 검은 몸 푸른 선로 위로 기차가 내달렸다 왜 이런 일이 제게 일어나게 내버려 두셨나요 꼼짝없이 누워 있었다 궁릉에선 두려워하지 말라는 말이 한 글자씩 또박또박 새겨졌다

　아무도 모르게 고통은 파이프 속을 뛰어다녔다 언제나 내 것인 줄 알았으나 한 가닥도 거머쥘 수 없는 새벽 공기 가시나무 덤불 잠 속으로 기어가 피 흘리는 짐승이었다 엘리, 엘리, 저를 당신의 꽃밭 안에 가둬 주소서 흰 앵두는 살이 오르는데 말보리수는 빨갛게 익어 가는데 줄장미는 숨 가쁘게 피어나는데 나의 아름다운 계절은 끝이 났다

끝없는

장미나무 옆에 앉아 새벽을 기다린다
장미꽃 봉오리를 센다
예순둘, 예순셋, 예순넷

잡을 수도 없고 되풀이될 수도 없게
모든 것은 날아가 버렸다

현관문 열면 바로 길거리인 집들
길보다 낮은 방에서 삼 년

자국도 남지 않는 슬픔이
바닥을 밀고 지나갔다

어디서 개가 몸 터는 소리 들린다
곧 그쳤다 환청인가

환청 같은 푸른 밤길
장미나무 옆에 앉아 꽃봉오리를 세며

꼭지 떨어진 장미 봉오리처럼

새벽안개처럼

세상 모든 것들과 작별하고 고립했다

●잡을 수도 없고 되풀이될 수도 없게: 예세닌의 시 「푸른 밤」에서 인용.

사라진 얼굴

거울이 사라졌다
거울이 사라진 거울을 들여다본다
거울 속에는 분명 오래전부터 내가 있었는데
가장 오래된 얼굴이 생각나지 않는다
사라진 거울 앞에 서 있는 시간이 길어졌다
언젠가 내 손바닥으로 쓸어 지운 눈 코 입
치 떨며 제 입으로 파먹은 환멸의 얼굴
어쩌면 거울이 사라지기 이전부터 얼굴은 없었는지 모
른다
벽에서 관절 꺾는 소리가 들려왔다
사과저녁나방이 무음으로 날아와
사라진 거울 속으로 사라졌다
거울이 사라진 거울은 침묵하고 있었다
사라진 사과저녁나방의 얼굴
사라진 가장 오래된 얼굴이
침묵의 소용돌이에서 나를 응시했다

마

오후 세 시, 동전만 한 빛이 바닥에 앉았다 나가는 지하
벙커에 누워 생각했다
흙도 물도 없는 까만 봉지 안에서 탯줄 같은 줄기를 밀
어내는
저 흉물스런 것을 무어라 불러야 하나

그러는 사이 줄기는 몇 개로 불어나 두어 바퀴 저글링을
하더니
햇빛을 찾아 더듬더듬 손을 뻗었다

삶은 밤에서 싹이 난들 어쩌겠나
악착스런 생명력이 부담스러워서 나는 열었던 창문을
도로 닫았다

그러자 그것들은 수군수군 모의를 하더니 이내 서로의
몸을 가닥가닥 감으며
허공을 수직으로 오르는 것이 아닌가

그러거나 말거나 나랑은 상관없는 일
날만 새면 나가는 지친 몸뚱이나 쉬어야겠다

줄기들은 창틈을 가열차게 밀어붙였다 풀었다 W자 주
름을 겹겹이 만들며 출구를 찾고 있었다

나는 마지못해 그것들을 통째로 다라에 옮기고 물을 부
어 주었다
그러다가 줄기 하나를 똑 떨어트리고 말았다

그랬더니 살아남은 줄기들이 죽은 줄기를 휘감아 오르며
마디마다 초록 뱀의 심장 같은 이파리를 뱉어 놓는 것이
아닌가

저러다 곧 죽고 말지 나랑은 상관없는 일
미안하지만 나는 뭐가 나아질 거라고 믿지 않은 지 오래다

내가 그것들을 까맣게 잊고 있다가 다시 보았을 때
39도 폭염 속 물이 바싹 마른 다라에서
어느새 어린 구근까지 매달고 있었다

부서져도 막무가내 햇빛 냄새만 맡으며 돌진하는 저 힘

지하 벙커에서 빛도 물도 없이 대책 없는 저 힘을
대체 무어라 불러야 하나

추워지자 제 몸을 생략해 구슬 닮은 씨앗들을 겨드랑이
에 매달고 있었다

파묘

파헤쳐진 무덤 안에서 죽은 이의 삭은 무릎뼈에서 경첩이 나왔다 살아생전 그의 무릎에 쇠붙이를 박은 내력을 아는 이가 가족 중 아무도 없었다 아내는 그와 같이 산 시간보다 떨어져 지낸 시간이 많았고 자식들은 아비에 대해 아는 게 별로 없었다 어미를 내친 푸악스런 사내였다는 것밖에 녹슨 경첩을 두고 다른 이의 무덤을 판 게 아니냐고 했다가 관이 뒤바뀐 게 아니냐고 했다가 우왕좌왕했다

그러다가 누군가 울음을 쏟았다 생전에 그가 한쪽 다리를 뻗고 방바닥에 앉아 생활했던 것이 떠올랐고 약봉지든 뭐든 죄다 손 뻗어 닿을 거리에 놓이지 않으면 불같이 성냈던 것도 떠올랐고 마실 물 떠 나르기서부터 어미가 있었으면 감당 안 해도 될 온갖 잔심부름을 해내느라 종종거렸던 어린 날들도 떠올랐다 그런 아비에게 저주를 퍼부으며 집을 떠나 살아온 예순의 딸이었다

사람들은 내밀한 고통을 꾸리고 살다가 혼자 죽어 간다 고통은 이해받을 수 있는 것이 아니며 뜻밖의 증거물을 남기기도 한다 사람은 사라져도 녹슨 경첩은 남아 한 사람의 고독을 완벽하게 완성해 주었다 누구에게도 이해받지

28

않기 위하여 무덤 안에서 무덤 밖에서 아무도 모르게 견
디는 무딘 시간이 있었고 죽어서도 이사해야 하는 수고로
움이 남아 있었다

날마다 여기

매일 똑같은 자리에 서서 맞이하는 아침과 저녁이 있고 초록 지붕 기왓장 위로 잉어 비늘 같은 석양이 내렸다 살아야 했다 창밖에는 비가 오고 눈이 오고 매미가 울고 때때로 신을 닮은 바람이 불어와 솜털을 가르며 지나갔다

비 맞으며 까치가 집을 짓고 있었다 나뭇가지 물어다 이생을 짓는 일은 후생을 미리 살아 보는 것같이 경건했다 사람이 그리울 때면 팟캐스트를 들었다 삶에 지쳐 짐승처럼 엎어져 자는 동안에도 살아 있고 싶었다

눈이 부셔서 눈이 아려서 아침 햇살이 얼굴을 비춰도 눈을 뜨지 않는 버릇이 생겼다 일억 오천만 킬로미터를 한 호흡으로 달려오는 날마다 수행이 낯설지 않고 천천히 돌리면 색과 모양이 계속 변하는 만화경처럼 나는 계속 살아 있고 싶었다

고래불바다

들개들과 함께 바닷가 모래밭에 모로 누워
망가진 장밋빛 인생 대신 장밋빛 노을
일곱 번째 파도 앞에서 남몰래 눈물 떨어뜨릴 때
어떤 말도 이해할 수 있고 이해받을 수 있을 거 같은 기분
우리는 맨발이니까 쓸쓸하니까
꼬리 털고 일어나 방패연이나 날리는 거지
바람 타고 세상 두둥실 날아나 보는 거지
언제부터 우리는 심장에 폭탄을 품게 되었는지 몰라
말로는 다 못 해도 들을 수 있는 눈을 가졌잖아
먼 길 혼자 오는 길 어두워 멈칫거려질 때
꼬리긴뿔고둥을 불어 신호를 보내 주렴
네가 구부러진 해안선 따라 내게 오듯
나는 먼 수평선 곁눈질하며 걷다가 맞은편에서 오는 너
와 만나겠지
그러다 서로를 못 알아보고 스쳐 지나간다 해도 괜찮아
밀려들든 쓸려 가든 우리는 같은 바다의 파도이니까

접사(接寫)

—

　옛집이 무너져 내릴 때 안방에 살던 거미는 어찌 되었
을까
　밥을 먹다가도 자려고 누웠다가도 불쑥 생각난다
　바다도 먼데 희한하게 게를 닮았던 거미
　사방 무늬 천장에서 대대로 새끼 치며 살았을 털 난 짐승
　다시 못 볼 사람처럼 나는 자꾸 그놈만 찍어 댔지
　다시 못 볼 것은 그것만이 아니었는데
　숱한 기억들이 은거하던 마당의 넓적돌 밑 쥐며느리 굴
　닳고 닳은 마룻장에서 쭈뼛거리던 녹슨 못들
　벽지 안에서 부풀었다 꺼지기를 반복하던 한숨들
　침묵 속에서 깜빡이던 별빛들
　가장 추운 날 저녁의 경쾌한 숟가락질 소리
　하늘과 땅과 내가 마주 잡았던 온기
　끝내 간직하고 싶었던 것들 정면에 담지 못하고
　천장 귀퉁이에 매달린 거미만 찍었지
　다시 못 볼 것을 알기에 낱낱이 다 아름다웠지
　집은 순식간에 무너져 내리고 거미는 어디로 갔을까

—

32

사월

올 수도 갈 수도 없는 곳에서 너는 머무는가
돌 틈을 비집고 금창초 보라꽃
환하던 너의 이름 쓸쓸히 갈라진다

아침 햇살은 후미진 쑥구렁을 비추고
보고 싶은 마음 냇물처럼 반짝이는데

땅바닥에 엎드려 통곡하고 난 뒤
수굿이 고개 들면
빈 들에 흰 매화가 피고 있었다

노 저어 가다

―

잉어 향어 붕어 살진 몸 뒤척이는 가을밤
마음 돌아갈 곳 없는 사람들 지하 실내 낚시터에 앉아

잡았다 풀어 주고 잡았다 풀어 주고

지상에서 끝내 잡을 수 없었던 것들
손끝에서 놓쳐 버린 너
축축하고 미끄덩하고 서늘한 것이 가슴 한복판을 유영
하고 있었다

고인 물비린내 젖은 손 마른 수건에 닦으며

잡았다 풀어 주고 잡았다 풀어 주고

한 코 바늘에도 선뜻선뜻 걸려드는 물고기
입 언저리엔 얼마나 많은 생채기가 남아 있을까

버리고 떠나온 사람들의 토분에는 아직도
자스민이 피고 있을까

―

바닥에 떨어진 야광찌가 꺼지지 않고
밤새 물살에 쓸려 다니는 동안

캄캄한 저수지를 노 저어 가는
지느러미, 지느러미

배밭에서

그 배나무들은 해묵어 몸통은 굵어도 키는 짝달막해서
나는 연신 머리와 허리를 수그리고 앞으로 나아갔다

그랬더니 난데없이 겸손한 마음이 생겨났다

제2부

그라데이션

비가 내린다 떨어져 나간 저녁 놓친 빗방울
진흙 속에 얼굴을 묻고 운 적이 있다

눈이 내린다
너는 발자국도 없이 다녀가고 나는 유령처럼 빈방에 남아

키를 높이는 어둠과
막 녹기 시작한 흰 산을 층층이 바라보았다

비가(悲歌)

　비가 오면 빗방울 드럼 고무나무와 내가 살아서 우두커
니 듣는 소리 그대 가만가만 다가와 내 슬픔을 어루만진다
해도 뒤에서 숨 막히게 끌어안는다 해도 나는 알지 못하
네 이제 볼 수 없고 들을 수 없고 만질 수 없네 심장에 그
려진 그대 지울 수 없네 비가 오면 비가 오면 빗방울 드럼

낭만유랑단

우리 몽골 가서 살까요 더 가난한 사람 되어 낮에는 평원 끝 눈 시리게 말 달려 야생 순록 새끼를 몰고 돌아오는 저녁은 어떤가요

들판에 누워 쏟아지는 별빛 맨몸으로 받으며 배부른 달과 함께 숭숭한 꿈자리 없이 밀린 고지서 걱정 없이 곯아 떨어지는 망망한 밤도 괜찮겠지요

뿌리내리지 못한 슬픔 같은 거 아픈 꼬리 같은 거 삭제해 버리고 끝 간 데 없이 밀리기만 하는 이 땅을 떠나 한데에서 떠돌이로 살아 보자요

난 여기서도 제대로 못 사네
술이나 한잔 더 하세

우주먼지

세상 몹쓸 먼지가 둥굴어 다니다 뭉쳐져서
여자 몸뚱이가 되었다는
어머니 말씀은 서럽기도 했지
이왕이면 고운 꽃이파리나 귀한 보석이
보태져서 만들어졌다고 말해 주면 좋으련만

생리통으로 쩔쩔매는 나에게
허리를 자근자근 밟아 주며 하신 말씀은
더욱 서러워 엎어져 울게 했지
진흙 반죽도 아니고 몹쓸 먼지라니

그러다 지구과학 시간에
가스와 먼지가 뭉쳐져서 우주가
만들어졌다는 것을 배웠다

캄캄한 우주 공간을 떠다니는
수백 억 년 전 먼지들이 별 가루처럼 빛났다

이왕이면 그중에 쓸모없는
먼지가 뭉쳐져서 여자가 되었다면

더욱 마음에 드는 말이다

곰이 어두운 동굴에서 쑥과 마늘을 먹으며
참았더니 여자가 되었다는 말보다
혁명적인 말이다

혁명은 말보다
밀어붙이기가 더 힘들기 때문이지

야간 비행

내가 혼이 되어 밤하늘에 떠 있다면 지금처럼 외롭겠지
그토록 지키려고 애썼던 바람들
닿을 수 없는 거리에서 아주 작은 불빛으로 깜박이다
어둠 속으로 사그라지네

그리운 사람들 꿈속에서도 얼굴이 안 보이는 건
내 온도가 낮아서 빛을 보내지 못하기 때문이야
밤길에 구절초 얼굴이 안 보이는 것도 그래서야

비행 고도 5,441m
비행 속도 572km/h
바깥 온도 – 20°C

비행기가 느릿느릿
밤의 해협을 미끄러져 가네

어떻게 낮이 지나갔는지
어떻게 밤이 찾아왔는지
어떻게 새벽이 당도했는지

가늠할 수 없는 고도에서
내가 살아왔던 이야기 아주 작은 불빛으로 깜박이다
귀가 먹먹해지도록 울고 나니
비행기는 착륙하고 아침이 다시 시작되고 있었다

묵묵

당신 내게 사랑하냐고 묻지만
그리 간단히 말하긴 어려워

당신 가만히 대답 기다리지만
그리 쉬운 말로는 불충분해

우물쭈물하는 사이
뼛속 천장 같은 데서 후추알 같은 것이
또르르 굴러 나왔다

후추알같이 작아도
혀끝 알알하게 번지는
무지근하게 속 타는

결말나지 않는 비애가
물릴 수 없는 애처로움이
오래 서서 난처하게 하는

당신도 나도 쉽게 뱉을 수 없었던
매운 세월이 없었더라면

혓바닥에서 목구멍으로
목구멍에서 창자까지 훑어 내려가는
후추알 같은 연민이

검은 빨래 희게 하고
흰 빨래 검게 하는
이 뭉근한 후끈거림이

사랑이 아니고 무어란 말인가

나도 당신도 저버릴 수 없는
기막힌 한 큐를 남겨 놓고
묵묵히 걸어가는 오늘이

초록 대문 점집

卍 자 깃발이 꽂힌 초록 대문 집 할머니는 붉은 대추 켜
켜이 쌓인 제단 앞에 한쪽 무릎을 세우고 앉아 있었다

계속 이러고 살겠습니까
팔자를 고치겠습니까

다짜고짜로 묻는 손님 얼굴 찬찬 뜯어본 뒤 엄지로 네
손가락을 맞춰 가며 생년월일난시를 적었다

잔나비 띠에 섣달 초나흘 술시라

그림인지 글씨인지 숙명인지 눈보라인지 모를 기운을
휘몰아 써 내려가다가 할머니는 문득 손을 멈추었다

이럴 수도 없고 저럴 수도 없고 참 답답해

순간, 몸의 후미진 귀퉁이가 허물어지며 뜨끈한 것이 왈
칵 쏟아졌다 생판 모르는 사람 앞에서 난처하게, 난처하게

다 내려놔, 가벼워져야 살아

48

석양의 보랏빛 구름 한 세트를 떠올리며 내려놓는다
는 말은 구름에 추를 매달지 않는 거와 마찬가지일 거라
고 생각했다

앞이 꽉 막힐 때마다 일이 술술 잘 풀리지?
그게 다 조상 할머니가 돌봐 주는 공덕인 줄 알아

명절날 점방에 앉아 맥없이 눈물 떨구다가 어느 혼이
라도 내 편이 있다는 말은 흐뭇이 들려 속이 희여멀건해
지는 것이었다

답답할 때 또 오노

백발의 할머니 초록 대문을 열어 저녁 어스름을 저만치
밀어 놓았다
포장 둘러쳐진 신곡시장통을 걸어 나오다 문득 뒤돌아
보니 집도 절도 할머니도 모두 사라지고 없었다

저녁 하늘에 공터만 덩그러니 놓여 있었다

물의 나무들

강으로 가는 길에 물가에 사는 난쟁이버드나무를 보았지
사방으로 가지 뻗어 무리무리 덤불을 이루고
장마 때 쓸린 자세 그대로 비스듬히 서 있었지

우리는 많이 지쳤잖아
자갈돌 위에 무뎌진 등짝을 굽고 뒤집어 줘
자그락거리며 동면에서 깨어나는 뱀의 몸통을 보여 줘
고통에 잠기면 호흡을 멈췄다 다시 토해 내는 버드나무
의 허파를 보여 줘
소용돌이치는 운명 속에 통째로 가라앉혀 줘

우리는 좀 쓸쓸하니까 강물 따라 정처 없이 흘러가도
좋을 거야
만나야 할 사람도 없고 가야 할 곳도 없으니
좋았던 기억과 나빴던 기억들로부터 풀려나
물소리에 홀려 안개 속으로 사라져도 괜찮을 거야
발을 헛디뎌 모래알로 허물어져도 괜찮을 거야

우리는 오랫동안 진이 빠졌잖아
사는 건지 기는 건지 분간조차 할 수 없는 지경이지만

강으로 가는 길에 물가에 사는 난쟁이버드나무
　불행에 휩쓸렸던 자세 그대로 어프러질 듯 살아가고
있었지

저수지와 개

사람 없는 축사를 지키는 개 한 마리
감나무 아래 묶여 건너편 보고 꼬리 흔든다
짖는 것도 아닌 이상한 소리

눈앞은 온통 저수지
밀려오다 기슭에 닿지 못하고 되돌아가는 물주름

두고 온 사람들 눈 코 입이 가물거린다
어쩔 수 없는 일이라고 웅웅거려도
어김없이 떨어져 박히는 못

짖는 것도 아닌 이상한 소리로
신음을 물고 살아가는 거다

숯빛 저수지를 남겨 두고 모퉁이를 돌아 나오면
자른 손톱이 어느새 길어
캄캄한 목 언저리를 할퀴었다

주머니, 밀라노 21

여든일곱 친정엄마가 작은 상자를 내민다
나 죽으면 누가 입겠어
지금 것도 다 못 떨어뜨리고 갈 텐데 하시며

뚜껑을 열어 보니 밀라노 21 패션 프리 사이즈
꽃무늬도 아닌 줄무늬 팬티 석 장
팬티목이 배꼽까지 덮는 건 물론이고
아랫배를 아우르는 앞주머니가 달려 있다
이런 곳에 주머니라니, 민망하게

가만히 손을 넣어 본다
안감 밑 까슬까슬 만져지는 거웃
손끝에 거기 언저리가 만져지고
나도 모르게 얼굴이 붉어졌다
엄마도 그랬을까
젊은 아버지가 엄마 아랫배를 더듬었을 때
좋았을까 싫었을까
엄마는 만족했을까

주머니 안쪽 아련히 느껴지는 그곳

배꼽으로 머리를 들이밀고 캄캄한 탯줄을 따라가면
어둠 속 환하게 둘레 친 곳
생명이 처음 꼬물꼬물 생겨난 그곳

나도 엄마 주머니 속에 살았던 적이 있었는데
늙은 엄마는 팬티 주머니 안에
눈 못 뜬 캥거루 새끼라도 거두고 싶었던 것일까

아니면 행상 다니며 생선 비린내 묻은 지전을
차곡차곡 쟁여 넣으며
사내고 뭐고 믿을 건 돈밖에 없다고
일곱이나 되는 새끼들 잘 키워야 한다고 이를 앙다물다
가도
뭔가 힘들 때마다 주머니에 손을 넣는 버릇이 생겼을까

여든일곱 친정엄마가 내민 작은 종이 상자
관을 열듯 뚜껑을 열면 밀라노 21 패션 프리 사이즈
주머니 팬티 석 장

엄마는 아무도 찾아오지 않는 빈방에 앉아

거죽만 남은 시린 손 팬티에 꽂은 채 졸다 깨다 졸다
깨다
　머리 센 일곱 자식 잘되라고 저녁기도 하셨을까

　엄마
　주머니의 용도가 뭐요?

하이, 미트

맥 빠질 땐 고기 먹으러 간다
하이, 미트!

몇 분이세요?
혼자요
달궈진 무쇠 주물판 위에
안창살 토시살 갈빗살 삼겹살 목살 항정살 갈매기살
한 점씩 부챗살 펼치듯 늘어놓는다

무한 리필!
싸구려 힘이라도 받아야 살 것만 같다
기름 타는 연기를 헤치며
따끔거리는 눈알을 비비며
화투 패 잦히듯 고기를 뒤집는다

혼자 치는 화투
지거나 이기거나 잃을 것 없는
심심한 불판 앞에 앉아

고기를 우걱우걱 씹어 삼킨다

장차 너는 배짱 두둑하게 살아가거라

차디찬 동치미 국물을 벌컥벌컥 마신다
장차 너는 뒷심으로 천하장사가 되거라

잔칫상에 끼어 앉은 낯선 사람처럼
성성한 눈물과 허기를 감추고
오오래 견디기 위해
하이, 미트!

땡볕 속을 걸어서 폭설을 뚫고서
무한 리필!
힘 받으러 간다

개나 나나

다이소에 갔다가 쭈그려 앉아
개 밥그릇을 한참 만지작거렸다
산에 가서 라면 끓여 떠먹으면 딱 좋겠네
받침도 있고 오, 그릇이 두 개나 되잖아
개가 침 묻힌 그릇도 아니고 새 그릇인걸
중국산 아니고 인도산이잖아
개나 나나

환상 계통

　내가 물이라면 너는 떼 지어 쫓아오는 검은 물뱀으로 내가 물의 퉁퉁 불은 젖통이라면 너는 내 심장에 빨판을 붙이고 찌르르 채혈하는 거머리로 내가 달아나는 암사슴이라면 내 허벅지를 물어뜯는 불곰의 얼음 이빨로 물 위를 날아가는 오색찬란한 물고기로 고요한 못물 속을 유영하는 묵직한 구름으로 나에게 왔다

삼십 년 기계우동집

세상의 불빛 다 꺼진 캄캄한 겨울밤
못 견디게 쓸쓸함이 밀려온다면
슬리퍼짝 끌고 나서 보지만 도무지 갈 데가 없다면
24시간 환하게 불 켜진 기계우동집
문을 밀고 들어가 보자

문밖까지 불빛 깔아 놓은 잔칫집 같아서
때를 놓쳐 배고픈 사람들
세상에 나갔다 마음 헛헛해진 사람들
안으로 불러들이는 기계우동집
손님들 속에 슬그머니 끼어 앉아 보자

가운데 기다란 나무 탁자와 벽 따라 두른 탁자
어느 자리에 앉아도 아는 이 없이 공평한 일인석
주인은 주문만 받을 뿐 말을 걸지 않고
손님은 서로 눈을 마주치지 않으며
붙어 앉아 말없이 우동을 먹는다

모르는 사람끼리 마주 앉아 우동을 먹어도
돌아앉아 벽 보며 곱빼기를 먹어도

쑥스럽지 않은 진풍경이 벌어지고
면발 한 젓가락 가득 물고도 옆 사람 손짓에
깍두기 단지 양념간장 스스럼없이 건네주는

겨울밤 세상 불빛 다 사그라진 뒤에
혼자 밤새 불 켜 두고
외로운 사람들 한 식구처럼 나란히 앉혀
가닥가닥 허기를 달래 주는 삼십 년 기계우동집
문을 밀고 들어가 보자

왜 나에게는 아무 일도 일어나지 않는가

왜 나에게는 아무 일도 일어나지 않는가
기어가던 벌레가 처녀 뒤에서 야금야금 올라탄다든가
신형 차 응모권에 당첨되었다는 통보를 받는다든가
질질 끄는 문제들을 단숨에 눌러 끌 단서를 잡는다든가
머리를 하늘색으로 염색할까
찢어진 청바지를 입고 걸어 볼까
낯선 남자와 하룻밤을 자 볼까
작은 괴로움이 더 큰 괴로움을 만나면 잠시 위로받을 수
있을까
시나리오를 써볼까, 8㎜ 영화를 찍어 볼까
영화가 현실을 따돌릴 수 있는 극한은 어디까지일까
나는 언제까지 이 따분한 삶을 참아 낼 수 있을까
토마토를 삶고 마늘과 모래와 짜증을 섞어 먹어 볼까
화창한 봄 날씨를 탓하며 묵은 이부자리에서 홀연히 일
어나
밀린 고지서 뭉치를 계산 빠른 은행원에게 던져 주고
가스레인지 위에 눌어붙은 게으름을 철수세미로 문지를
왜 나에게는 말끔한 의욕이 생기지 않는가
위기의 순간을 호기로 몰아갈 힘
열정 없이 부서져 나가는 마음을 한데 끄잡는 자석의 힘

그것에 힘입어 나도 새로이 일을 감행할 수 있을까

이상한 나무

옹이가 박인 은행나무는 묘하게도 몸통에 보지를 여럿
붙이고 서 있는 짐승 같다
열락의 순간들을 들락거렸을 더운 입술들 반쯤 열린 채
조각처럼 정지해 있다
낙원으로 돌아가는 물소리, 펌프질 소리, 고독을 관통
하려는 짐승의 몸부림
당신의 검은 혀가 야생의 내 몸뚱아리를 온통 핥아 댈 때
남방의 만개한 잎 넓은 붉은 꽃을 생각하며 영원한 합
일을 꿈꾸었다
나 같은 건 지워지고 지워져서 하찮아지거나 흔적 없이
사라진다 해도 좋았다
멀리 사막에까지 뿌리 뻗어 단숨에 물줄기를 끌어올려
단비를 내리게 하는 일
비행기가 활주로에 착륙하듯 다시 살아가는 일을 꿈
꾸었다
그러나 항문과 입이 하나가 될 수 없듯이
우리는 낱낱이 외로운 짐승이 되어 몸을 떨고 있었다
열락을 드나들어도 영원히 다다를 수 없는 길
보이는 듯 사라지는 착란의 길을 가로질러
저 이상한 짐승은 무슨 단꿈을 꾸며 보지들을 열어 놓

64

은 채
　길거리에 서 있는가
　내 눈에서 피 흘리게 하는가

황보광산

　중년의 아버지가 가지마다 등불을 매달고서 경비실 의
자에 앉아 있었다
　아이는 저녁 도시락을 건네고 아버지는 철제 서랍을 열
고 복숭아를 내밀었다
　복숭아 단물이 아이의 운동화를 적시는 동안 아버지에
게로 날아드는 불나방 떼를 바라보았다
　커다란 산 밑까지 들어갔다 온 아버지는 금덩어리 대신
뿔박쥐를 잡아다 주었다
　아이는 시커먼 동굴이 무서워서 박쥐를 날려 보냈다
　마지막이라고, 금줄기를 쥐고 돌아오겠다고 아버지는
떠나갔다
　금광은 폐광되고 사람 떠난 사택에서 왕지네는 몇 번을
허물 벗었다

　그 누가 기억하랴
　떠나고 난 뒤에 남은 저 좁고 컴컴한 마음의 갱도를

음악

어느 날 문득 백 년이나
오래 살아 버린 것 같고
굳어 버린 프림 덩어리 같고
맞춤법 지난 국어사전 같고

모든 것이 순식간에 지나가 버려
어리둥절하고 뭉글하여
이제 더는 아무것도
될 수 없다고 되뇌일 때

음악은 나를 꿈꾸게 한다
춤추는 빗방울
빈 둥지에서 터져 나오는 지저귐
파란 웃음의 도미노

음악은 나를 미끈덩거리게 한다
북극해를 유영하는 범고래
매듭 없는 뱀장어를 타고
후생에까지 떠내려가게 한다

갈참나무 우듬지

저녁 햇살이 무덤 위 갈참나무를 비추고 있었다
산박하 연보랏빛으로 허물어진 이름
사라진 너에 관하여 아무도 입 밖에 내지 않았다
불에 덴 짐승처럼 숨죽여 앓았다

별티라는 지명은 오랜 세월 내내 금단의 땅
이쪽으로는 눈길도 안 주고 그쪽으로만 간 사람아
어프러진 사람, 휘산된 이름
너를 찾아가는 데에 반백 년이 걸렸다

울음처럼 한쪽이 무너져 내린 봉분
어느 산짐승이 굴 파고 들어간 쓸쓸한 보금자리
흙이 되어 가는 네 옆에 누워 탄식했다
너무 늦게 와서 미안하다고

봉분을 찢고 자란 갈참나무 한 그루
너의 후생은 들쥐가 물어다 놓고 간 도토리였을까
도토리는 직근을 내려 잠든 이마를 두드려 한 몸이 되
었겠지
산박하 무한꽃차례 억만 바퀴 돌아 나면 만날 수 있을까

이제는 사라진 너에 관하여 입 밖에 내야겠다
원망과 독설이 뭉쳐진 침묵의 문을 따고 들어가
궁지에 몰린 짐승처럼 불안했을 너와 나들에 대하여
끝 간 데 없이 베어졌던 붉은 마음에 대하여

너무 늦게 와서 미안하다고
아주 작은 물방울들 참나무 속 지그재그로 내달려
너는 갈참나무 우듬지가 되었다

오서산

해 뜨면 푸른 산에서 아이 걸어 나와 세상 온 데 떠돌다
다 늙어 뉘엿뉘엿 산으로 돌아가는 긴 꿈

롱가에바 잣나무

죽은 어머니 아버지를 다시 묻고 돌아와 첫물 두릅을 데쳐 접시에 담는다

두릅의 새순은 어디까지가 풀이고 어디까지가 나무인가

롱가에바 잣나무 오천팔십 나이테는 산 세포와 죽은 세포가 어디까지 맞닿아 있나

무수한 삶과 죽음이 잇대어져 있는 무한궤도 너머로

어머니는 새가 되어 날아가셨을까 아버지는 바람이 되어 자유로우실까

내가 세상에 처음으로 생겨나서 첫물로 만난 눈, 코, 입, 몸짓

나와 반짝이는 하루만 살고 국경선 너머 영영 어디 가셨나

●롱가에바 잣나무: 현존하는 가장 나이가 많은 나무로 5,082살이 넘었다.

무덤 파는 사람

흙을 헤치며 뼈를 골라낸다 옛사람의 뼈는 흙물 든 누른빛
북쪽으로 머리를 두고 두 손 아랫배에 포개 얹은 채 깊이 잠든 사람

무덤 파는 사람은 소창을 펼치며 죽은 자로부터 산 자들에게
물결쳐 오는 물음들을 가만히 곱씹었다
백 년 전 유골 위에 자신의 주검을 미리 얹어 본다

여지껏 죽음으로부터 달아난 사람을 본 적이 없어요
너무나 많은 망자들의 뼈를 만져 보았기 때문에 두려움은 없어요
모든 것은 스쳐 지나갈 뿐이죠

잊어진 사람들을 마지막으로 배웅하는 일을 해야 한다면
그건 바로 자기라고 생각했다

뼈가 탄다, 탄다
검은빛보다 센 건 누른빛 누른빛보다 센 건 흰빛

옛사람은 흰 가루가 되어 산에 흩뿌려졌다

비석은 쓰러지고 비문의 글자들은 쏟아져 구덩이 속에
묻히고 무덤은 평지가 되었다
제로가 되었다
제로를 완성하기 위하여 사람이 세상에 왔다 가는 듯

산의 네 귀퉁이에 절을 하고 술잔을 올리고 무덤 파는
사람은
휘파람을 불며 산을 내려갔다

흙집

봉수산 아래
허물어져 가는 흙집이 있었다
가만히 내버려 두어도
아무도 탐내지 않는 빈집
더 잃을 것 없는 내가
그림자처럼 숨어들어
나머지 반평생을 살아 볼까
채곡채곡 쌓인 돌단 위에
푸른빛 빙그르 도는 수국 심어 두고
언제나 앓는 것은 사랑이었다고
당신 팔 베고 누워 천년을 살아 볼까
서까래 구들 매만지고
뒤란에 벽오동 심어 빗소리
쓸쓸한 사람 거기 오래 머물러
아무것도 겪지 않은 처음처럼
흙집을 세웠다가 무너뜨렸다가
봉황의 머리 닮은 산 아래
집이 없는 사람은

늦게 오는 사람

오 촉짜리 전구 같은 사람을 만나
밝지도 어둡지도 않은 사랑을 하고 싶다
말없이 마주 앉아 쪽파를 다듬다 허리 펴고 일어나
절여 놓은 배추 뒤집으러 갔다 오는 사랑

속이 훤히 들여다보이는 순한 사람을 만나
모양도 뿌리도 없이 물드는 사랑을 하고 싶다
어디 있다 이제 왔냐고 손목 잡아끌어
부평초 흐르는 몸 주저앉히는 이별 없는 사랑

어리숙한 사람끼리 어깨 기대어 졸다 깨다
가물가물 밤새 켜도 닳지 않는 사랑을 하고 싶다
내가 누군지도 까먹고 삶과 죽음도 잊고
처음도 끝도 없어 더는 부족함이 없는 사랑

오 촉짜리 전구 같은 사람을 만나
뜨거워서 데일 일 없는 사랑을 하고 싶다
살아온 날들 하도 추워서 눈물로 쏟으려 할 때
더듬더듬 온기로 뎁혀 주는 사랑

오랜 슬픔의 깊은 우물

오민석(문학평론가)

1.

이 시집 내내 이잠의 언어가 반짝이며 굽이쳐 흐를 때, 마치 물의 뼈처럼 자주 반복되는 단어들이 있다. 그것은 '슬픔', '눈물', '통곡' 같은 기표들이거나 그런 기의를 가진 단어들이다. 그리고 이 단어들은 짧은 시간이 아니라 긴 시간의 단위 위에 놓여 있다. 그녀는 말하자면 어떤 오래되고 깊은 우물을 가지고 있는데, 거기에서 그녀가 길어 올리는 것은 '슬픔'이고 '눈물'이며 '통곡'이다. 「시인의 말」에서도 그녀는 "터져 나오는 비명이 시가 되는 때"가 있었으나 "이제는 다 울고 난 뒤에 말개지는 시를 쓰고 싶다"고 고백한다. 그러므로 이 시집의 시들은 어떤 '눈물' 혹은 '비명' 이후의 것들이며, 어떤 오래된 불구덩이에서 날리는 슬픈 기억의 재 같은 것들이다. 그러나 시인은 그 오랜 슬픔의 내력

을 기술하지 않는다. 그것의 대차대조표가 없으므로 그녀
의 슬픔은 비의(秘儀)처럼 텍스트의 심층에 가려져 있다. 다
만 우리가 짐작(!)하는 것은 그녀가 자신의 의지와 무관하
게 어떤 혹독한 슬픔을 겪었다는 것이고, 그것이 아직도 그
녀의 내면에 후끈거리는 흔적으로 남아 있다는 것이다.

　　아주 오래전 사산한 아이처럼 나무판자에 각인된 캄캄한
어둠을
　　찬찬히 따라잡는 선, 선들
　　옹이의 암흑 처음에서 끝까지 연해 있는 나이테를 세어
보았다
　　하나, 둘, 셋, 넷……

　　(중략)

　　상처들이 무늬가 되기까지 전 생애가 걸리겠지
　　　　　　　　　　　　　　　　　　　　─「옹이의 끝」 부분

　이 작품의 바로 앞에 나오는 시 「원드러너」는 "눈물이 마
르는 데 얼마나 걸리나"라는 질문으로 끝난다. 이 작품은
마치 이 질문에 대한 대답인 듯 "상처들이 무늬가 되기까지
전 생애가 걸리겠지"로 끝난다. 결국 두 작품의 화두는 상
처와 눈물의 시간성 혹은 지속성이다. 시인은 슬픔 자체보
다도 슬픔이 오래도록 동반하는 고통의 시간에 주목한다.

시인에게는 눈물 자체가 아니라 그것이 마르는 데 걸리는 시간, 즉 상처인 '옹이' 자체가 아니라 그게 더 이상 통증을 유발하지 않는 "무늬가 되기까지" 걸리는 시간이 문제이다. 그 이유는 시인의 상처가 마치 오랜 우물처럼 지속적인 통증의 원인이기 때문이다.

개망초가 피었다 싸리꽃이 피었다 토끼풀꽃 피었다 31번 방 앞에는 모가지가 가냘픈 사람들 잠잠히 앉아 있다가 이름을 부를 때마다 소스라치며 흔들렸다 검은 몸 푸른 선로 위로 기차가 내달렸다 왜 이런 일이 제게 일어나게 내버려 두셨나요 꼼짝없이 누워 있었다 궁륭에선 두려워하지 말라는 말이 한 글자씩 또박또박 새겨졌다

아무도 모르게 고통은 파이프 속을 뛰어다녔다 언제나 내 것인 줄 알았으나 한 가닥도 거머쥘 수 없는 새벽 공기 가시나무 덤불 잠 속으로 기어가 피 흘리는 짐승이었다 엘리, 엘리, 저를 당신의 꽃밭 안에 가둬 주소서 흰 앵두는 살이 오르는데 말보리수는 빨갛게 익어 가는데 줄장미는 숨가쁘게 피어나는데 나의 아름다운 계절은 끝이 났다

—「31번 방」 전문

이 시에서 "31번 방"이 구체적으로 무엇인지 알려 주는 지표는 없다. 그러나 이 방이 오래된 슬픔의 깊은 진원이라는 것에는 이견이 있을 수 없다. 이 방에서 일어났거나 확

인된 사건은 적어도 '생명'과 직결된 것이고, (화자가 시인이라면) 시인이 죽음과 같은 어떤 심각하고도 절박한 상태에 직면했음을 알 수 있다. 첫 연의 "왜 이런 일이 제게 일어나게 내버려 두셨나요"와 같은 질문이나, 둘째 연의 "엘리, 엘리, 저를 당신의 꽃밭 안에 가둬 주소서" 같은 호소가 그 증거이다. 두 번째 연의 진술은 누가 들어도 예수가 십자가에 못 박혀 죽기 직전 극단의 고통 속에서 뱉은 말, "엘리 엘리 라마 사박다니(나의 하나님 나의 하나님 어찌하여 나를 버리셨습니까)"를 연상케 한다. 마지막 행의 "나의 아름다운 계절은 끝이 났다"라는 문장은 "31번 방"에서 겪거나 일어난 사건이 화자의 운명에 어떤 절대적이고도 비극적인 영향이 되었음을 알려 준다. 그러나 위 작품은 상징과 은유로 가득차 있어서 "31번 방"에서 일어난 사건의 전모를 절대 보여 주지 않는다. 다만 "검은 몸 푸른 선로 위로 기차가 내달렸다", "꼼짝없이 누워 있었다", "고통은 파이프 속을 뛰어다녔다" 등의 진술을 통하여 우리는 고작 화자가 의료상의 어떤 검사를 받았고, 그 결과가 돌이킬 수 없이 참혹한 것이었지 않을까라는 정도로 막연히 짐작할 수 있을 뿐이다. 이 작품은 또한 그 중층적인 상징성 때문에 극단적 고통의 사적 경험으로만 읽히지도 않는다. 이 작품은 의지와 무관하게 생명성을 강탈당하는 그 모든 고통 혹은 폭력의 공간에 대한 보편적 재현으로 읽어도 된다.

2.

최악의 고통은 늘 출구가 없는 상태에서 발생한다. 아포리아(aporia)의 계곡에서 분투할 때, 주체는 사유의 끝장까지 간다. 최상의 결과를 도출해야 할 때, 사람들은 종종 출구 없는 공간에 자신을 위폐시킨다. 길 없는 곳에서 길을 찾을 때, 고통은 가장 커지고 사유는 가장 깊어진다.

> 잡을 수도 없고 되풀이될 수도 없게
> 모든 것은 날아가 버렸다
>
> 현관문 열면 바로 길거리인 집들
> 길보다 낮은 방에서 삼 년
>
> 자국도 남지 않는 슬픔이
> 바닥을 밀고 지나갔다
>
> ──「끝없는」 부분

각주에 의하면 "잡을 수도 없고 되풀이될 수도 없게"는 예세닌(S. Yesenin)의 시 「푸른 밤」에서 인용한 것이다. 예세닌은 이사도라 덩컨(I. Duncan)과 별거 중에 알코올과 우울증을 동반한 정신질환으로 자살한 러시아의 시인이다. 그는 겨우 서른 살에 삶의 아포리아에서 빠져나오지 못했다. 위 작품은 예세닌을 빌려 '-할 수도 없고 -할 수도 없는' 난국에서 길을 잃은 한 주체의 정념을 그리고 있다. 그 주체는 "모든 것은 날아가 버렸다"고 선언한다. 아무것도 할 수 없고 모든 것이 날아가 버린 상황은 절벽의 (절박한) 사유를 키운다. "자국도 남지 않는 슬픔이/바닥을 밀고 지나갔다"는 말은 오체투지의 치열한 주체만이 할 수 있다. 갈 곳 없는 슬픔, 이러지도 저러지도 못하는 슬픔은 존재의 옆구리를 서늘하게 치고 들어온다.

> 올 수도 갈 수도 없는 곳에서 너는 머무는가
> 돌 틈을 비집고 금창초 보라꽃
> 환하던 너의 이름 쓸쓸히 갈라진다
>
> 아침 햇살은 후미진 쑥구렁을 비추고
> 보고 싶은 마음 냇물처럼 반짝이는데
>
> 땅바닥에 엎드려 통곡하고 난 뒤
> 수굿이 고개 들면
> 빈 들에 흰 매화가 피고 있었다
>
> ─「사월」 전문

이잠은 계속 '-할 수도 없고 -할 수도 없는' 아포리아의 공간을 주목한다. 이 시에서 그런 공간에 머무는 존재는 화자가 아니라 '너'이다. 화자는 이제 자리를 바꾸어 "올 수도 갈 수도 없는 곳"에 '너'를 세우고 그런 '너'에게 말을 건다. '너'라는 기표는 "쓸쓸히 갈라진" 이름이다. 출구 없는 공간에서 주체는 이렇게 분열된다. 분열된 주체는 분열된 대상을 볼 수 없으므로, '너'를 "보고 싶은 마음"이 아무리 "냇물처럼 반짝"일지라도 '나'는 '너'를 볼 수 없다. 슬픔은 '-할 수도 없고 -할 수도 없는' 존재만이 아니라 그런 존재를 바라보는 주체에게도 공평하게 온다. 이 시의 '너'는 곧 화자인 '나'일 수도 있다. 그런 '나'와 '너'의 접속이 좌절된 자리에서 화자는 "엎드려 통곡"한다. 그런 뒤에 수굿이 고개를 드는 화자에게 보이는 것은 "빈 들"에 핀 "흰 매화"이다. 모든 것을 다 버린 아포리아의 상태에서 청청(淸淸)하게 피어나는 매화야말로, 다 울고 난 뒤에 쓰는 "말개지는 시" 아닌가. 이잠의 시는 이렇게 온몸으로 견뎌야 하는 아픔 혹은 슬픔의 극치에서 꽃처럼 피어난다. "슬픔이 지나갈 때마다 환해졌다"는 그녀의 고백은 바로 이런 의미이다(「시인의 말」).

그림인지 글씨인지 숙명인지 눈보라인지 모를 기운을 휘몰아 써 내려가다가 할머니는 문득 손을 멈추었다

이럴 수도 없고 저럴 수도 없고 참 답답해

순간, 몸의 후미진 귀퉁이가 허물어지며 뜨끈한 것이 왈칵 쏟아졌다
                                        ―「초록 대문 점집」 부분

화자가 '점집'에서 들킨 것은 또다시 '-할 수도 없고 -할

수도 없는' 마음의 비밀이다. 이 끔찍하고 참혹한 아포리아
의 늪을 누군가가 알아 줄 때 내면의 슬픔이 "왈칵 쏟아"진
다. 회피할 수 없는 슬픔은 반복된 울음이나 타자의 공감을
통해 위로될 수 있다. 울어야 애도가 끝난다. 이잠의 시는
울고 또 울면서 말개지고, 슬퍼하고 또 슬퍼하면서 환해지
는데, 그것은 늘 시간의 긴 통로 위에 있다.

> 사라진 너에 관하여 아무도 입 밖에 내지 않았다
> 불에 덴 짐승처럼 숨죽여 앓았다
>
> 별티라는 지명은 오랜 세월 내내 금단의 땅
> 이쪽으로는 눈길도 안 주고 그쪽으로만 간 사람아
> 어프러진 사람, 휘산된 이름
> 너를 찾아가는 데에 반백 년이 걸렸다
>
> 울음처럼 한쪽이 무너져 내린 봉분
> 어느 산짐승이 굴 파고 들어간 쓸쓸한 보금자리
> 흙이 되어 가는 네 옆에 누워 탄식했다
> 너무 늦게 와서 미안하다고
>
> (중략)
>
> 이제는 사라진 너에 관하여 입 밖에 내야겠다
> 원망과 독설이 뭉쳐진 침묵의 문을 따고 들어가

궁지에 몰린 짐승처럼 불안했을 너와 나들에 대하여
끝 간 데 없이 베어졌던 붉은 마음에 대하여
　　　　　　　　　　　　　　　―「갈참나무 우듬지」 부분

　　이 작품에서 "사라진 너"가 누군지 독자들은 알 수 없다.
그것은 아무도 언급해서는 안 되는 금기의 대상이었고, 그
것에 관해 말을 못 하는 대신 "숨죽여 앓"는 것이 남은 자들
의 몫이었다. "금단의 땅"으로만 간 그 이름, 이제는 "휘산
된 이름"을 화자가 찾아가는 데 무려 "반백 년"이 걸렸다.
그것은 "울음처럼" "봉분" "한쪽이 무너져 내린" 긴 시간이
었다. 이처럼 시인의 '울음'은 늘 오랜 시간의 열차를 타고
있다. 그것은 "원망과 독설이 뭉쳐진 침묵의 문을 따고 들
어가"야 비로소 들리는 오랜 아픔의 메아리이다. 이 대목에
서도 우리는 "궁지에 몰린 짐승"이라는 대목을 만난다. 시
인의 슬픔은 늘 이렇게 '-할 수도 없고 -할 수도 없는' 맥락
에서 발생한 것이다. '갈참나무'는 이러지도 저러지도 못하
는 상황에서 잘리고야 만 단면을 가지고 있다. 그 "베어졌
던 붉은 마음"을 계속 털어놓으며 시인은 환하게 "말개지는
시"를 향해 간다.

　　3.
　　지금까지 우리는 이잠 시인의 밭이 슬픔, 눈물, 통곡 같
은 기표들임을 확인했다. 또한 그녀의 슬픔은 출구 없는 아
포리아의 산물이고 오랜 기원을 가진 것들이었다. 그녀의

시에서 이런 기표들은 꾸준히 반복된다. 그녀는 슬픔의 주름을 타고 눈물의 먼 진원을 찾아가는데 이런 과정에서 그녀가 고대하는 것은 슬픔의 '증류'이다. 그녀에게 슬픔은 사라지는 것이 아니라 정련된다. 슬픔이 발효되어 이슬처럼 맑은 주정(酒精)이 된다면, 그것이 그녀의 시다. 사실 슬퍼하는 것도 특권이다. 아무나 슬퍼하지 않는다. "지혜로운 사람의 마음은 초상집에 가 있고 어리석은 사람의 마음은 잔칫집에 가 있다"는 『전도서』의 말은 옳다. 슬픔으로 정련되지 않고 누가 어떻게 감히 인생을 말하랴. 슬픔의 효모는 사랑이다. 사랑 없이 울지 않고 사랑 없이 슬퍼하지 않는다. 자기 인생을 사랑하지 않는 사람은 자기 인생을 슬퍼하지도 않는다.

결말나지 않는 비애가
물릴 수 없는 애처로움이
오래 서서 난처하게 하는

당신도 나도 쉽게 뱉을 수 없었던
매운 세월이 없었더라면

혓바닥에서 목구멍으로
목구멍에서 창자까지 훑어 내려가는
후추알 같은 연민이

검은 빨래 희게 하고
흰 빨래 검게 하는
이 뭉근한 후끈거림이

사랑이 아니고 무어란 말인가

—「묵묵」 부분

    그녀의 "매운 세월"은 "결말나지 않는 비애"와 "물릴 수 없는 애처로움"에 걸쳐 있고, 그녀가 그 길을 완주할 수 있게 해 주는 것은 "목구멍에서 창자까지 훑어 내려가는/후추알 같은 연민"이다. 그녀는 뭉근하고 후끈거리게 앓으면서 "묵묵"히 비애와 애처로움의 길을 간다. 그리고 그 길의 끝에서 그녀는 이게 "사랑이 아니고 무어란 말인가"라고 말하는데, 이런 항변은 오로지 사랑으로 증류된 슬픔을 오래 경험한 자의 입에서만 나올 수 있다.

가만히 내버려 두어도
아무도 탐내지 않는 빈집
더 잃을 것 없는 내가
그림자처럼 숨어들어
나머지 반평생을 살아 볼까
채곡채곡 쌓인 돌단 위에
푸른빛 빙그르 도는 수국 심어 두고
언제나 앓는 것은 사랑이었다고

당신 팔 베고 누워 천년을 살아 볼까

—「흙집」부분

　시인의 말대로 오직 사랑하는 자만이 앓는다("언제나 앓는
것은 사랑이었다"). 그러므로 시인의 슬픔은 시인의 사랑에서
시작된 것이다. 사랑은 세계를 놓지 않게 만들고 세계를 아
파하게 한다. "나는 그가 아프다"는 롤랑 바르트(R. Barthes)
의 고백은 사랑을 가진 모든 자의 고백이다. 사랑에서 연
유된 슬픔이 오래 지속될 때, 시인은 "더 잃을 것 없는" "빈
집"이 된다. 슬픔의 정련이란 이런 것이다. 시인은 그런 집
을 그녀의 마지막 거처라고 생각한다.

　　속이 훤히 들여다보이는 순한 사람을 만나
　　모양도 뿌리도 없이 물드는 사랑을 하고 싶다
　　어디 있다 이제 왔냐고 손목 잡아끌어
　　부평초 흐르는 몸 주저앉히는 이별 없는 사랑

　　어리숙한 사람끼리 어깨 기대어 졸다 깨다
　　가물가물 밤새 켜도 닳지 않는 사랑을 하고 싶다
　　내가 누군지도 까먹고 삶과 죽음도 잊고
　　처음도 끝도 없어 더는 부족함이 없는 사랑

　　오 촉짜리 전구 같은 사람을 만나
　　뜨거워서 데일 일 없는 사랑을 하고 싶다

살아온 날들 하도 추워서 눈물로 쏟으려 할 때

더듬더듬 온기로 뎁혀 주는 사랑

—「늦게 오는 사람」 부분

 시인이 표제작인 이 작품을 이 시집의 마지막 페이지에
배치한 이유가 있을 것이다. 이 시는, 말하자면, 이 시집의
결론이다. 그녀에게 중요한 것은 슬픔의 시간성이다. 그녀
에게 슬픔은 하이데거(M. Heideggar)적 의미의 '기재성(既在
性, Gewesenheit)'을 가지고 있다. 그것은 과거의 어느 때에
시작되어 현재까지 오래 지속되어 온 것이다. 시간성이야
말로 그녀의 존재를 의미 있게 만드는 '지평'이다. 하이데거
에 의하면, 시간성에 대한 사유는 죽음을 선험적으로 인식
하게 하며, 미래의 죽음에 대한 사유는 기재성을 돌이켜보
고 선구적 '결의성(決意性, Entschlossenheit)'을 갖게 한다. 결
의성이란 "현존재가 양심의 부름에 힘입어 자신의 존재에
대한 책임을 걸머지기로 결의한 상태"를 말한다. 이런 맥락
에서 위 작품을 읽어 보면, 슬픔의 시간성, 슬픔의 기재성
에 대한 인식 이후에 오는 그녀의 결의성은 '사랑'이다. 그
사랑은 슬픔의 오랜 기재성 다음에 아주 "늦게 오는 사람"
으로 형상화된다. 그 사랑은 "오 촉짜리 전구"같이 검박하
지만, "살아온 날들 하도 추워서" 쏟을 '눈물'을 "온기로 뎁
혀" 주기에 충분하다. 이런 사랑이야말로 그녀가 "다 울고
난 뒤에 말개지는" 지점이 아닐까.